台灣華俳精選

台灣華俳
精選作家陣容

（依姓名筆劃排序）

簡　玲　謝美智　劉正偉　鄭如絜　穆仙弦　慢　鵝　黃碧清　黃士洲
曾美滿　皐　月　夏曼‧藍波安　倦　梳　帥　麗　胡　同　洪郁芬
雨　靈　秀　實　明　月　旭　維　江　彧　玉　香　丁　口　ylohps

洪郁芬——主編

凡例

01 本書名為《台灣華俳精選》。收錄台灣作家的華俳作品。

02 內容分：春之卷、夏之卷、秋之卷、冬之卷，共四卷。每卷收錄俳句各三十首，全書共收錄一百二十首。

03 書中的俳句作品是通過邀稿和投稿收集，經編輯審定收錄。

04 每卷的前五首華俳，附日文翻譯，以做相互參照並為日本讀者提供方便。

05 書後附錄的文章，讓讀者閱讀華俳作品之餘，可以進一步了解作者的簡歷與華俳的理論。

[序] 流水上的竹筏　灣俳華俳

這個秋天在小屋的同一個位置——左手是日影光暗的方格子——反覆改寫螢幕上的文字。檻外傳來間歇的蟲吟，在未褪的暑氣中與腦海殘留的風鈴聲清脆的碰撞。疲倦已久的眼簾和意志有賴於鳴蟲的天籟音頻方能獲得片刻的舒緩。雖然眼前這座高聳的文獻巨林，仍然頑固地拒絕所有進前來叩問的人。偶爾看見道路的盡頭，藍天白雲下有青山環繞，卻又在剎那間被午後灰茫茫的驟雨遮掩。在崎嶇的山路上，自己好比一隻小蝸牛，自然界的慢活者卻緩緩地爬向塵世遠方的一座崇山。拖著疲倦的孤影，我想這正是個好時機，允許自己接受小林一茶的安慰，重讀他那穿越時空的俳句：

蝸牛そろそろ登れ富士の山
（蝸牛
一寸一寸爬向富士山）

やせ蛙負けるな一茶これにあり
（小瘦蛙別輸了！
一茶為你打氣）

小林的俳句透露了世人不得不身處塵世的感慨，以及對於人間真相的洞察和體諒。書齋中，俳人們善解人意的眼光和他們與自然合而為一的姿態，常使我如沐清流。在當今資本主義發達的社會中，如此淡泊名利和豁達的身姿，令我嚮往，更使我感到慚愧。想起松尾芭蕉為追求俳句的最高境界而攻克己身的神韻：

一つ脱いで後に負ひぬ衣がへ

（脫下上層的衣服背在背上
更衣）

華文俳句社自二〇一八年於台灣創立至今，輾轉已三秋。在華文圈中，華文俳句社與《創世紀詩雜誌》、香港《中國流派詩刊》合作，提供詩人發表華俳的園地。日文圈則與《俳句界》、《俳句大學》機關誌和《くまがわ春秋》合作，擇優譯介與評論投稿於華文俳句社的華俳。華文俳句社提供一個橋樑，讓華語圈俳句詩人的作品，能翻譯成被日本俳句界接受的形式。過去日本俳句界對於國際俳句的接受度不高，甚至認為國際俳句是寫成三行的詩或散文。華文俳句符合日本的俳句美學，希望藉由雜誌發表及出版讓日華俳句界相互對應，讓更多漢語詩人的俳句作品被看見。

除了上述提供中日文學交流的橋樑之外，華文俳句省略了不必要的形容詞和修飾，以「切」和兩行的形式呈現俳句的本質。在日漸繁複的世俗裡，這樣的簡單書寫並不是刻意與潮流對抗，也不是以故作清高的姿態遠離塵世，而是藉著凝視當下的「季感」和「季物」，在日常中超越日常生活。將起居中的剎那感動寫成俳句收藏，並且完全不占據更多的「衣櫃和儲藏室」空間。關注自然景物，欣賞造物者的美妙創造，並與萬物合一。在自然中追求視野和心胸的「自然」而無所為；在俳句的遣詞用字上「自然」而不做作。如芭蕉所言：「自然の妙を悟りて工夫の卑しきを斥けたるなり（全心領悟自然的奧妙，頑強抵抗卑微的雕琢）。」而華文俳句的極短形式，正適合俳人們一同在靈裡字間鍛鍊，邁入簡樸的生活方式。

雖然於二〇一九年出版華文俳句叢書時，筆者在附錄中簡略說明了華文俳句的「六個寫作原則」，但經過了華文俳句社三年的實作經驗，發現原先的六項規則內容需要補充、合併或調整。基於更符合俳句創作的實際情況，以及讓華俳的創作能有更多的發展空間，於此將修正後的華文俳句規則說明如下：

一、華文俳句無題，分兩行

華文俳句書寫成兩行，是為了以形式表達俳句中的「切」。日本的俳句寫成一行，無空格。黃靈芝在台灣推行的漢文俳句（灣俳）也寫成一行，但中間以一個空格隔開，以顯示中間的「切」。他於《台灣俳句歳時記》（東京：言叢社，二〇〇三）說明，灣俳以二句一章為基本，舉例如下：

海浜拍武俠　蟹做配角（頁二九八）

華文俳句社延續黃靈芝自一九九三年於台北縣立文化局開設的漢語俳句教室中的灣俳的主張，以二句一章為基本，惟華俳書寫成兩行的形式，以此表達俳句「切」的藝術特質。

兩行間的關係稱之為「二項組合」。二者間的距離最好能隔開一點，才有擴展詩意的可能。但是，二者間的距離倘若相隔太遠，致讀者無法從中聯想到任何連結，便是一首難以讓人能理解的晦澀俳句。

二、原則上一首華俳使用一個季語。無季語則須於後方標示「無季」

筆者於《歲時記》（台北：釀出版，二〇二〇）的序文曾經說明，「季語」提供一個文化經驗的共同場域，使俳句得以在有限的字數中有更寬廣的延伸。黃靈芝於灣俳的說明中提到「季語は用いる」（要使用季語）。而高濱虛子於他主編的《新歲時記》（東京：三省堂，一九五一）中也主張「季題は俳句の根本要素である」（季語是俳句的根本要素）。由上述討論可見，華文俳句使用季語不僅是沿襲日台的俳句傳統，更是俳句的基本條件。惟日本的俳句界中也有主張「無季語也可以」的派別，如河東碧梧桐的新傾向俳句和一九三〇年代之後興起的新興俳句。為了讓台灣的詩人有更多創作的自由，移植現今的日本俳句界規定，倘若無季語則須於後方標示「無季」。

三、省略不必要的字詞

省略不必要的字詞是所有文學作品共同的準則。日文俳句有十七個音的限定。灣俳有七至十二個字的限定。華俳雖然沒有限制字數，但因其最大特點是能直譯成日俳，因此要省略不必要的字詞，以最少的內容來完成詩意。

四、吟詠當下的感觸

俳句吟詠當下，截取瞬間。然而俳句所記錄的「瞬間」在閱讀者腦海中所呈現的知覺，則因創作者的安排而有所不同。現代心理學中有所謂「時間知覺」的說法，其意為「客觀事物和事件的連續性在人腦中的反應」。我們如果比較提倡「瞬間的風景寫生」的正岡子規俳句和子規之前的江戶俳句，便可清楚感受到「瞬間」在心理上的長短印象之不同。大抵江戶俳句（當時仍稱為發句，「俳句」之名始自正岡子規）仍然繼承和歌的傳統，感嘆自然風物隨著時光推移而變換姿態的物哀，思緒綿綿地從現在回溯過往年歲，又從現在展望衍變的未來。因此，吟詠當下的感觸，是可以追溯過往，也可以展望未來。

五、吟詠具體的心像

所謂俳句的具體事物，並不執著於實際形相，而是以讀者能否具體感知為準。事實上，許多俳句季語本身也是虛詞，如立秋和嚴寒。藝術當中一個美學理論是虛實相有相生。因此，只要俳句描寫的景象能賦予讀者具體的感覺，在讀者心中形成一個具體的心像，便是吟詠具體了！

《台灣華俳精選》收錄的「台灣季語」有：月桃、鼠麴粿、釣蝦場、放水燈、中元、搶孤、鬼月、曬筍乾、藍染、虱目魚、七娘媽生、矮靈祭等，為數不少。感謝應允邀稿的台灣作家夏曼·藍波安、劉正偉、秀實、曾美滿、黃碧清等諸家，以及所收錄的台灣俳人簡玲、胡同、黃士洲、穆仙弦、謝美智、皐月、雨靈、慢鵝、鄭如絜、明月、帥麗、丁口、楊貴珠、江彧、玉香、旭維、倦梳等的作品。也感謝日本俳句大學校長永田滿德對華文俳句的支持。

秋分爾後，嘉義小城，氣溫依然酷熱。古人云，秋陽似虎，所言不虛。婉拒酬酢，伏案寫作此文，是我懷著對台灣文學的熱愛所帶來的動力。有關台灣俳句在台灣的發展，吾師黃靈芝等人早有倡議。不為五七五形式的僵化，可效日俳作二句一章之書寫。只因限於時勢，應和者稀。拜師門受末學，輾轉倥傯中我未曾或忘。生命軌跡總是曲折難料，這三年竟讓我有緣值餘暇之便，重拾對華俳的研究。殖民時期統治者輸入俳句，提倡「台灣趣味」。光復後的灣俳和解嚴後的華俳發展，自是一脈相承。我堅持華俳源於台灣作家（俳人）默默地耕耘，藉由兩個不同的文化體系交流中自然發展而成，絕非外力的施加。這是維護台灣文學的尊嚴最起碼的覺醒。

（二零二一年九月二十三日秋分午後於爝燈小屋）

洪郁芬

[序]　流れる水の竹筏　湾俳華俳

洪郁芬

この秋、私は小屋の同じ場所で——左手は暗い日陰の方眼——画面上の文字を繰り返し書き直していた。敷居の外からは途切れながらの虫の音が、衰えることのない暑さの中で、心の中に残っている風鈴の音とカラッとぶつかり合った。疲れた目と意識は、安堵の瞬間を得るために虫の音をひどく欲しがった。目の前にそびえ立つ書類の森は依然と訪れてくる全ての人を頑なに拒否した。時折道路の果てで、青空と白雲の下の青い山に囲まれていたが、思いがけない瞬間に午後灰の俄雨に覆われてしまった。険しい山道で私は小さな蝸牛のようで、自然界ののんき者は俗世のはるか遠くにある高山へ向かってゆっくりと動いた。疲れ切った孤影を引きずりながら、今こそ小林一茶の慰めを受けようと、彼の時空を旅する俳句を読み直した。

蝸牛そろそろ登れ富士の山
（蝸牛
一寸一寸爬向富士山）

やせ蛙負けるな一茶これにあり
（小瘦蛙別輸了！
一茶為你打氣）

小林の俳句は、人がこの俗世に生きていかなければならない感慨と、この世の真実の洞察と理解を表した。書斎の中、俳人達の思いやりある視角と彼らの自然と一体になる姿は、いつも私の心に清水を流すような心地にさせてくれた。今の先進資本主義社会の中で、彼らの名利に無関心な生き方に憧れ、恐縮した。俳句の最高境地を追求し、自分を征服した芭蕉を偲ぶ：

一つ脱いで後に負ひぬ衣がへ
（脱下上層的衣服背在背上
更衣）

華文俳句社は二〇一八年台灣で創立以来三年になる。華語圏（漢語圏）では『創世紀詩雜誌』、香港『中國流派詩刊』と提携し、詩人達が華文俳句（華俳）を発表する場所を提供した。日語圏は『俳句界』、『俳句大學』機關誌、そして『くまがわ春秋』と提携し、華文俳句社の優れた華俳を翻訳し評論してきた。華文俳句社は華語俳人の作品を日本の俳句サークルに受け入れられる形に翻訳する架け橋を提供した。これまで日本の俳句界は国際俳句を高く評価せず、国際俳句は、三行で書かれた詩または散文であるとさえ認識されていた。華文俳句は日本俳句の美学に準拠し、雜誌での発表と発行を通じて、日本と華語（漢語）の俳句界が相応し、華語詩人の俳句作品がより多く見られるようになることを期待する。

上記の中日文化交流の架け橋の役割に加えて、華文俳句は必要な形容詞や修飾を省略し、切れと取り合わせで俳句の本質を提唱してきた。ますます複雑化する世界で、このような単純な記述は意図的に時代に反するためでも、大げさな態度で世界から遠くためのものでもない。今ここにある季節感と季物を見つめることによって、日常のなかで日常を超越するためである。起居の刹那なる感動を俳句という形にして保持するのは、戸棚と収納室のスペースをまったく占有しないことになる。自然の風景に注意を払い、創造者の素晴らしい造りに感謝し、万物と一体になる事を求める。自然の中で視覚と心の「自然」を追求し、無為を心掛ける。そして俳句の措辞も「自然」を努め、無作法の境を求める。芭蕉のように：「自然の妙を悟りて工夫の卑しきを斥けたるなり（全心領悟自然的奥妙，頑強抵抗卑微的雕琢）。」華文俳句の非常に短い形式は、詩人や俳人達が精神的に、そして文字を通じてともに鍛え合い、シンプルな生き方に足を踏み入れるのに適していると言えるだろう。

二〇一九年に華文俳句を叢書として出版させた時，私は叢書一の附錄〈華文俳句の書き方〉で簡略に六つの規則について述べたが、華文俳句社で三年間の実務経験を経て、元の六つの規則を補足、合併または調整する必要があることを認知した。華俳を詠む実際の状況とより一致し、そして華俳の創作にもっと広い発展の空間を与えるため、以下修正された華文俳句の五つの規則について述べる：

一、俳句にタイトルをつけない。そして二行に書く。

華文俳句は、俳句の「切れ」を形式で表現するために二行に書く。日本の俳句は「切れ」を含みながらも、一行に書く習わしがある。黄霊芝が台湾で推進する漢文俳句（湾俳）も「切れ」を一句の前と後ろの間のスペースとし、一行に書いた。黄氏は『台灣俳句歳時記』（東京：言叢社，二〇〇三）で、湾俳は二句一章を基本とすることを明示し、例を挙げた：

海浜拍武俠　花蟹做配角（P298）
（海浜で武侠劇の撮影　花蟹は脇役）

華文俳句社は、黄氏が一九九三年に台北県立文化局で開設した漢語俳句教室の中的湾俳の主張を引き続き、二句一章を基本とする。但し華文俳句の場合は二行に分けることにより、「切れ」を表現する。

二行の関係は「取り合わせ」である。二行間の語意が離れているほど、詩意をより広げることができる。但し、二行間の距離が離れすぎている場合、読者はそこから接続点を関連付けることができず、わかりにくい俳句になる。

二、原則として一句の華俳に季語を一つ使う。季語がない場合は、「無季」を記す。

筆者はかつて『歳時記』(台北：釀出版，二〇二〇)の序文で、季語は著者と読者に共通の場を提供し、短詩形の限られた字数の中でより広い意味の延伸の可能性を高めると説明した。黄氏は湾俳の紹介で「季語は用いる」と表明した。高浜虚子は編集した『新歳時記』(東京：三省堂，一九五一)の凡例で、「季題は俳句の根本要素である」と示した。上記の論述からわかるように、華文俳句の季語の使用は日本と台湾の俳句伝統を引き継ぐばかりでなく、もっとも季語を使うことは俳句の基本条件であることがわかる。しかし日本の俳句界では、季語を使うことは必ずしも必要ではないと主張する派別もあり、例えば河東碧梧桐の新傾向俳句や一九三〇年代以後盛んになった新興俳句などがそうである。台湾の詩人がもっと自由に創作できるよう、現在の日本俳句界の規制を移植し、季語がない場合は、句の後ろに「無季」を記す。

三、必要ない語を省略する。

必要ない語を省略することは、すべての文学作品の共通基準である。日本の俳句は十七字音の規則がある。湾俳は七から十二字音の規定がある。華文俳句は字数の制限はないが、日本の俳句に直訳できるように、必要ない語は省略し、少ない内容で詩意を完成することが必要である。

四、今この瞬間の感動を詠む。

俳句は今この瞬間を詠唱し、今この瞬間を切り取る。しかし、俳句の「瞬間」は作者の創作手法により、読者の心で異なる長さの「瞬間」になる。現代心理学の域でいわゆる「時間知覚」があり、それは「客観的なものや出来事の連続性が人間の脳における反応」を意味する。「瞬間の写生」を提唱した正岡子規の俳句と江戸時代の俳句を比較すればわかる通り、「瞬間」に対する長い心理的印象と短い心理的印象の違いをはっきりと感じ取ることができるだろう。江戸俳句（当時はまだ発句と呼ばれていた。「俳句」の名は正岡子規に由来する）は、今でも和歌の伝統を受け継ぎ、時が経つにつれて移り変わる自然の姿を悲しみ嘆き、思惑が今から過去を遡り、そして今から未来へと時の変貌を展望する。従って今この瞬間の感動を詠むということは、過去を遡り、未来を展望することにも繋がるだろう。

五、具体的な心像を詠む。

俳句のいわゆる具体的なものは、実際の形に拘らず、読者が具体的に感知できるかどうかを意味する。実際多くの俳句季語、例えば立秋や厳寒など、それ自体は抽象語である。芸術の美学理論の中の一つに、虚と実は相互に依存する（虚實相生）というのがある。そのため、俳句の描写する景色が読者の心の中で具体的なイメージになる限り、具体的な心像を詠むことになる。

この『台灣華俳精選』に含まれる台湾季語は、月桃、鼠麹粿、釣蝦場、放水燈、中元、搶孤、鬼月、曬筍乾、藍染、虱目魚、七娘媽生、矮靈祭である。原稿の依頼を受け入れて下さった台湾作家夏曼・藍波安、劉正偉、秀實、曽美満、黄碧清そして本書に収録された台湾俳人簡玲、胡同、黄士洲、穆仙弦、謝美智、阜月、雨靈、慢鵝、鄭如絜、明月、帥麗、丁口、楊貴珠、江彧、玉香、旭維、倦梳に感謝する。そして特別に、華文俳句社を常に支援して下さった日本俳句大学の永田満徳校長に感謝の意を述べたい。

秋分後、嘉義の小さな町は気温がまだ高い。まさに古人の「秋日は虎の如く」である。酬酢を断り、書斎でこの記事を書き続けるのも、台湾文学への熱愛からなる動力のためである。台湾俳句の台湾における発展について、吾師黄霊芝は長い間提案した。五七五の形式に拘ることなく、日俳に繋がる二句一章の詠み方を推進する。ただ時勢を得ず、応答する人は稀でした。私は幸運にも後期の門弟になり、黄氏に俳句を学んだことを一度も忘れたことはない。人生の軌跡は常に曲がりくねるうえに予測もつかない。過去三年間余暇を以て、華俳の研究を取り戻すことができた。植民地時代の統治者は俳句を台湾に移植し、俳句の台湾趣味を提唱した。光復後の湾俳と戒厳後の華俳もその流れに沿っていると言えるのではないだろうか。華俳は台湾の作家（俳人）の静かな努力に端を発したと私は主張する。それは日本と台湾の二つの異なる文化の交流によって、歴史の中で自然に発展してきたものだ。これは、台湾文学の尊厳を守るための最も基本的な目覚めである。（二〇二一年九月二十三日、秋分午後麝燈小屋にて）

CONTENTS

夏之卷（30俳20人）

（附：日文翻譯）

秋之卷（30俳21人）

（附：日文翻譯）

冬之卷（30俳19人）

——（附：日文翻譯）——

附錄

春之卷

30俳19人

印花布上湛藍島嶼

鳥囀

囀や更紗の上の青き島

／簡玲

大甲溪橋上的空拍機
遶境

遶境や大甲溪橋のドローン

／黄士洲

公園裡走平衡木的女孩
春分
公園の平均台をゆく春分

／丁口

祖孫手牽手散步
榕葉落盡又長出新綠

子の散歩ガジュマル落ちてまた萌ゆる

／穆仙弦

租金劃撥的帳號
寄居蟹

寄居虫や賃貸料の振込み先

／明月

春日
達悟拼板船化妝了海洋

／夏曼・藍波安

櫻花開了
阿里山小火車的汽笛聲

／劉正偉

輕罩頭紗的新娘
朦朧月色

／曾美滿

歲月總是被囓咬
蠶之成長

／秀實

土地公廟的奉茶壺
穀雨

／慢鵝

獻祭祖靈的舞蹈
菖蒲

／帥麗

長坂上唱起趕馬歌
東風

／胡同

紅磚道
杏花沿路開過牆頭

／穆仙弦

打薄厚重的頭髮
修剪香椿樹

／謝美智

初探梧北村鐵花窗的故事
恬靜

／皐月

熟讀孫子兵法
東風

／鄭如絜

樹下打坐的禪師
櫻花

／明月

紅線凌空上青天
風箏

／ylohps

梅花
延禧門布簾大開

／洪郁芬

水位下降的日月潭
白鷺

／江彧

罐頭堆滿手推車
春日疫情

／雨靈

匿藏於同一個荷塘裡
蛙的前世今生

／秀實

一顆流星擊中天井
青蛙撲通

／劉正偉

貼上唇印的卡片
情人節

／曾美滿

遛狗搭訕的戀情
新綠

／胡同

梳理打扮的母親
就職

／黃士洲

打零工的鄒族姑娘
阿里山山葵

／慢鵝

少女飛揚的歲月
風箏
／鄭如絜

屋角澆水的祖母
艾草
／帥麗

動靜之間轉佛珠
春分

／丁口

夏之卷

30俳20人

單人床上的無眠
半夜曇花

月下美人一人ベッドで眠れない

／秀實

夏天的熾熱
紅紅的火龍果知道

炎天や真つ赤つ赤なピタヤ

／劉正偉

鐘敲了十二響
壁虎

掛時計の鳴る十二回青蜥蜴

／胡同

小沙彌敲響晨鐘
睡蓮

小和尚が暁鐘を鳴らす睡蓮

／鄭如絜

夢境的流動
魚鱗雲

うろこ雲夢路は流れ変わりゆく

／spholy

聚散於江湖
浮萍

／曾美滿

相思木柴燒的陶壺
三伏

／簡玲

凱魯族女性獵首
石菖蒲冠環

／慢鵝

進行夜訓的太巴塱青年
豐年祭

／江彧

盤坐讀《楞嚴經》的奶奶
晨涼

／黃士洲

窗玻璃上夏雨滴流
手沖咖啡

／穆仙弦

撕下電線杆上的租屋廣告
蛞蝓

／謝美智

打開傳家木盒的古銅簧鎖
牡丹手鐲

／阜月

半夜巡房的護士
蝙蝠

／明月

初潮少女和母親共宿夜談
夏至

／帥麗

送老兵回鄉的里長
梧桐
／丁口

築空中閣樓
蛛絲
／洪郁芬

睹舊物
泡新茶

／秀實

客家莊的草莓
月桃

／明月

高唱〈愛拚才會贏〉的賣菜車
愛玉

／倦梳

木門炊煙陣陣飄香
鼠麴粿

／帥麗

孩童的落水尖叫聲
釣蝦場

／玉香

半摀耳朵聽聊齋
鬼月

／簡玲

末廣町滿街的百年老店
摺扇展開

／胡同

爽朗笑容的外送員
向日葵

／黃士洲

防疫三級警戒的校園街角
鳳凰花開

／穆仙弦

新秀男星的寸頭造型
炎天下

／雨靈

送壺水到草寮的阿嬤
曬筍乾

／慢鵝

翻讀發黃的《白蛇傳》
夏夜

／皐月

被禁足的少女
風鈴

／鄭如絜

秋之卷

30俳21人

剝開一瓣瓣的鄉愁
柚子

一房の郷愁をむく柚子一つ

／曾美滿

山舍門不緊的柴門
啄木鳥

山小舍の柴扉を閉じず啄木鳥

／胡同

將菸草塞進菸斗的爺爺
雨夜月

煙草をパイプに詰める雨月かな

／黃士洲

翻閱府城記事
虱目魚

府城料理の記事を捲る虱目魚

／鄭如絜

畫上音符的靈譜
波斯菊
魂の楽譜に音符秋桜

／洪郁芬

翻開詩集最後一首詩
有雁飛過

／秀實

初秋樹葉蠢動
流浪

／劉正偉

秋風柔柔
灑落地上的圓舞曲

／黃碧清

郵筒靜靜佇立街角
白露

／簡玲

細巷中的一線天
秋光

／穆仙弦

廟前客家語嘻哈競賽
藍染方巾

／阜月

報名體驗課程的母子
藍染

／謝美智

茶屋廊下長木椅
紅葉林

／慢鵝

老福州的白丸子
處暑

／江彧

引渡水靈的法師
放水燈

／謝美智

老大公廟開啓龕門
中元
／旭維

地藏王廟的饅頭山
中元
／玉香

竹篙頂天的低鏡頭
搶孤

／倦梳

疫苗登記延後
殘暑

／明月

翻閱塵封日記
晚秋

／帥麗

西門町紅樓的創意市集
秋空

／丁口

耄耋夫婦遠山含笑
銀杏

／ylohps

匆促回家
路旁的狗尾草搖曳

／秀實

保穀宮的中下籤
荒歉

／胡同

抽屜裡蒙塵的戒指
煙火

／黃士洲

退潮的高美濕地
白鷺

／穆仙弦

供桌上的古錢紅線
七娘媽生

／慢鵝

酋長族語的宣示
矮靈祭

／鄭如絜

臨摹風中吹拂的綠蔭
芭蕉

／帥麗

黃昏市場的失業男子
虱目魚頭

／簡玲

冬之卷

30俳19人

冬夜
天空的眼睛撐開了宇宙

冬の夜や宇宙を広げる空の目

／夏曼・藍波安

五分車載走童年的夢
刈甘蔗
五分車が幼児の夢を運び去る刈甘蔗
／曾美滿

漁村的咾咕石牆
北風

石壁は珊瑚の漁村北の風

／簡玲

約會在南方的冬天
遇見黑面琵鷺

みんなみの冬の逢瀬や黑面琵鷺

／秀實

至善園蜿蜒的廊道
寒梅

冬の梅蜿蜒回廊の至善園

／鄭如絜

風吹過黃昏的街巷
圍巾飛揚

／秀實

蘿蔔長得白白胖胖
故鄉的寒冬

／劉正偉

斜頂黑瓦的老宅院
冬至

／黃士洲

庭院練唱腔的票房
寒梅

／胡同

山腰的亂石細徑
落葉滿階

／穆仙弦

床頭的一對同心枕
鴛鴦

／謝美智

包裝義賣禮物的教友
聖誕節

／皐月

小竹筏停泊岸邊
剝蚵婦的背影

／慢鵝

老和尚尋找掛單的寺廟
雪
／鄭如絜

母親彎腰駝背的身影
冬至
／明月

阿公床底泛黃的四色牌
椪柑

／帥麗

外送員的手機螢幕
冬雨

／丁口

擲筊向財神爺借發財金
元旦

／ylohps

巡迴黑松的拜殿
嘉義神社

／洪郁芬

玉山谷地激出的清流
白菜

／胡同

舊屋刷上新漆
元旦

／黃士洲

冬陽斜照
沿著石壁攀上木窗

／穆仙弦

母親珍藏的胸針
山茶花

／謝美智

暫擱筆墨的書畫家
冬眠

／皐月

擱筆望簷的老禪師
冰柱

／慢鵝

房屋貸款通知單
寒夜

／明月

一幀祖父母結婚照
燈籠

／帥麗

敬老優先的叫號順序
寒流

／丁口

鑄鐵鍋裡跳動的米粒
大寒

／江彧

路燈下的鹹酥雞攤
柳葉魚

／倦梳

附錄

附錄一　論人事俳句

文／飯田蛇笏
譯／洪郁芬

S君不滿意我使用人事寫生這樣的字詞，於D誌上表示：「推測蛇笏君可能對於寫生這個字詞仍留戀不捨，應該是無法果斷地不再使用它吧！抑或更進一步猜想，從蛇笏君那不必要的考量來看，或許想要創造能明目張膽使用寫生這個字詞的體裁吧！」簡單來說，人事寫生以目前為止的用語而言，不就是被稱為主觀句的字詞嗎？雖然主觀並非自始至終都是主觀，但對於包括此處提到的主觀句在內，卻是無任何異議。除了S君用來舉例的「曝書」的俳句之外尚有：

掃灑潔淨
眺望墳前之土　（虛子）

夜間受寒
他人不悅的看著我　（虛子）

子女就讀
熱血講授的夜學　（桃孫）

殘羹剩餚真是雜亂不堪
暖桌　（宋斤）

冬令修行畢
愛上竹刀了啊　（躑躅）

諸如上述等等。除此之外亦收錄了多篇作品，我認為今後若能持續廣納作品，可望帶來更多益處。是故，雖然對於佐證應當不會有任何異議，但打著「人事寫生」為名號的理由，未必局限在純主觀裡。即使如此，也絕不會忘記人事上要保持純客觀，重要的是從高唱人事方面創作的俳句並有意發表的層面來看，無例外都將它當作口號。因此，即使站在客觀的角度撰寫人事方面的俳句，還是能從其所收錄的作品中挑選出來。例如：

醃魚啊
主人從陰暗處走來　（普羅）

翻田土的妻
喪失後奮發向上　（村家）

染亮的衰老容顏起身
柚子湯啊　（歸一）

激勵病人起身坐著
燈籠　（九品太）

馬廄的馬全睡了
日照之處　（しげ草）
大正九年九月二十日父逝

扶起屍體
指甲摩擦榻榻米的聲音　（爽雨）

這些都是人事俳句的好例子，也就是不單單呈現主觀意識。所以，我們絕對要多方面觀察自然景象，若解釋成人類也是自然的點綴物之一，而且想要同時如此描述時，我們勢必要能提出心得或一個規定的標語。如何稱呼它是大家的自由，不過，它原本就是大自然的一份子，應該也必須將其全數包含在大自然裡。面對我們人類，先暫時將山川草木等所謂的自然物當作自然，從對立的角度來看每個人各自的人生。即使是我們創作的俳句，面對自然物也同樣容易與描寫世人百態的俳句有所區別。

另外，對於這樣的人事俳句，察覺到近期我們俳句界，逐漸出現態度過於冷漠不關心的傾向。因此，我們需要展現永不滿足的心境，這也是我的宗旨。人事俳句的創作稀有的主要原因是因為近期的俳句界，過於偏頗自然物的寫生，人們的心大多雷同，結果導致這樣的狀況。雖然一般認為文人超然於外，與世間社會脫鉤，並遠離人群。但是俳人應該跟世上眾多的他人沒有什麼不同。原本對於衣冠服飾等流行趨勢，因為不斷變化過於俗氣而應該要排斥，但令人意外的是，俳人竟然很快地就接受了並樂在其中，融入眾人推廣的流行事物裡。這才是難以動搖的真相。S君對於這樣的狀況，也會一語道破地說：「可以看得出來這是對於大家偏重於寫生的一種反彈。擬寫生、惡寫生，不管什麼全部都是寫生！一味地偏重寫生，卻無法承受因此產生的弊病，才會開始出現反抗的聲音。不管什麼事都是有利也有弊，兩者就像繩索般糾纏不分。」

雖然我們常概括的使用「人事俳句」，但我心目中的人事俳句，跟現今俳句界以我為中心而創造的人事俳句，暫且先不論主觀、客觀的區別，光是思考的方式就有所距離了（也可說是謬誤）。這些是關於這點，我想先提出來說明的事。

關於人事俳句或人事寫生俳句，在現今的俳句界，許多人都能立即了解它的意義，並能以小說的構想創作俳句。至少我是這樣認為的。事實上，看過我挑選的俳句之後，有許多俳人都如此描寫自己的心境。我想了想，蛇笏君在創作人事的俳句時，一定也有採用小說的構想吧！若真如此，不就跟認為要投稿的俳句作品採用小說風格來創作最為安全，並且只要這樣做，毫無疑慮可以入選的想法沒什麼差異。我想，這也是可提的佐證吧！當然，以上述的觀念來創作人事俳句，這樣的作法是錯誤的。

原本以盧子翁為首的俳句界眾多才子，數年前評論我的一部作品，認為我的俳句充滿小說風格，或許將我和人事俳句擺在一起，能夠立即產生聯想也說不定呢。當時盧子翁比較蕪村的俳句和我的兩三首俳句作品：

與將要被主公斬首的人成為夫妻
更衣　（蕪村）

子規居士認為這些俳句中，有小說風格的作品不多。但今後將創作出更多這種風格的俳句作品（當然這充其量只不過是盧子翁評論蛇笏的一部分內容）。俳句作品的構思呈現小說風格，就算是我也無法否定。

這樣的人事俳句並非絕對毫無價值，但從那時候開始，一直盤據在我心裡，這一兩年來日益顯著的觀點是，儘管句型上並沒有太大的不同，但其內容和創作俳句的樣態，基本上仍然有些許差異。這徹底反映我的心境。但凡創作人事俳句就等於同時採取這兩種樣態，說明如下：

（一）對於某個人事深深感激，在不會偏離俳句應具備的條件之下，不再偽造心境，經由適當的技巧，赤裸裸地平鋪直述。亦即對於人事，直接吐露真實的想法。

（二）對於人事的季語有著（或使其擁有）某種概念，以人事為題材創作俳句，從其擁有的知識智慧開始想像並創造一個句子，也就是說對於人事，間接地憑藉想像創作出來。

此處（二）提到的俳句創作樣態，容易產生所謂的小說風格人事俳句。（一）的俳句創作樣態難以發生這樣的狀況，較不會陷入隱藏於其中的弊病。最後，結論是必須拿著實際的俳句作品加以比對，但若其根本樣態不確實，縱使在句子形態上得觀看出一二，仍無法遮掩其欠缺身為俳句的「魂」，並非僅有些許差異而已。亦即俳句的背景，不會破壞人事及作者的關係。

總而言之，人事俳句跟自然風景物俳句的創作樣態並無差距。任意將其區隔的做法，反而成為遠離佳作的第一步。

以我自己創作（二）類型的俳句為例，如這首在大正四十五年左右創作的：

消瘦一夏
知曉業平（好色美男子）的尼姑佛珠

這是我記憶深刻的作品。不必詳細說明，光看句子就可以知道它描述尼姑手上拿著水晶製的佛珠。夏天身姿明顯消瘦的尼姑，已經親身知曉那位以美貌著名的業平朝臣。除了寫出知道他之外，甚至描述想像兩人進一步發展出戀愛關係的心思，雖然是毫無價值的俳句，但也還不到需要捨棄的地步。當然這首離人事俳句的佳作還有一段距離。

逐一說明實際採用（一）的創作樣態所生，並獲得收錄的俳句實在過於龐雜，因此僅節錄其中幾句，再試著概略評論：

秋蚊帳
難以取下啊住進去了吧　（春燈）

旅途衣取夜仍寒
秋袷（逢上內裡的單衣）　（坡牛）

冬籠（冬天關在家）
喊一聲就幫得上忙的女兒啊　（寸七翁）

用膳心閒靜
除夕　（紅洋）

儘管厭煩不再順服的妻子
冬籠（冬天關在家）（左遷）

游泳的孩子
棺材經過時靜默不語（普羅）

身旁正燃燒的柴火
杣（伐木山）之白晝（軒石）

抱著枕頭起床
午寐（久女）

抱恙仍夜會
夏羽織（せん女）

「秋蚊帳」在句意上無難以理解的地方，就是說到了秋天，住家還是不能取下蚊帳。即使秋天已感到寒冷，不知為何總是感到懷念，仍執著要掛上蚊帳。因此我們感受生命，就如同句子描述的情景，直接寫出作者親身經歷的心情，淺顯易懂卻又難以言喻。從作品的背景可以看得出作者的坦率。我認為可以將它推選為人事俳句的優秀作品。

「旅途衣取」同樣是主觀的句子，明顯表示作者的心境。

「冬籠」隱含現今甚為罕見的蘊藉，不論是句子表層或音調都細心調整，具有人事俳句的優美。描寫女兒還是天真無邪的年紀，命令她做事，想不到竟然能做得很好。由此作者獲得小小的滿足，並可窺見其心中高興微笑的情緒。這些幽微之處，顯示它擁有身為好俳的價值。

「就座用膳」也是表達作者的心境。所謂忙裡偷閒，只有在大晦日才能有的體驗，貼近讀者並產生共鳴。應當要珍視這樣的力量。

「厭煩不再順服的妻子」敘述在某些事情上跟親人鬧彆扭，暫時疏遠惹人厭的妻子，但這段時間又必須拜託她幫忙做事。讀此俳句，腦海裡逐漸浮現冬天被迫關在家裡，必須與家人和睦相處、生活的情景。

「游泳的孩子」在句意上極為平鋪直述，但卻饒富餘韻，將窺探井口深不見底的恐懼，透過句子傳給讀者。這個句子就如同字面上所看到的，是一個客觀的句子。然而，要使這樣的恐懼猛然向著讀者撲去，勢必要主觀描寫，在句子的背景確實呈現出作者的心情。這確實是人事俳句的佳作！

「身旁」在客觀這一點並沒什麼不同，但讀者接收到的感受卻完全相反，能讓心靈融入極為平靜、悠閒的情境之中。人事俳句在這裡展現強大的力量。

「抱著枕頭」必須注意的是作者為女性。讀此俳句，眼前似乎浮現略微午睡，醒來起床時，抱著圓枕頭之類的東西，慵懶地躺在床上的情景。抱著枕頭是這個俳句的焦點。

「抱恙」也是屬於客觀描寫。作者想要與訪客見面，但因身體微恙只能待在家裡。於是在夜晚來臨之際，愛惜身體的女子一心一意地編織著羽織，發現頭髮亂了才出門。一位個性謹慎、深居簡出且舉止高雅的女仕躍然出現在眼前。可以強烈感受到作者從頭到尾，都是以女性的視角來創作俳句。

另外，為了要明確地說明什麼是心境，在此列舉一兩首我自己的作品（當然不敢自詡為佳作）：

秋燈下醒
詠俳　（蛇笏）

散漫在一角唱田歌
吾妻　（蛇笏）

「秋燈」是我自己的體驗，我從年輕的時候開始，非常喜歡躺在床上看書。我知道這個習慣不好，但直到現在仍然改不過來。三四年前熱衷於創作俳句時，就將句帖放在枕頭上取代原本看書的習慣，開始創作俳句。時常不經意之間到了半夜還不睡，將想到的一二個句子寫出來。這首俳句就是描寫當時如此興奮的樣子，並呈現我生活的一個小角落。

「散漫在一角」是去年左右發生的事，路過鄉下的道路，眺望著人們忙碌地插秧。年輕的女孩們笑語盈盈，一邊毫無顧忌地談天說地，一邊秧田。那塊田地裡只有一位年紀較大的女子，站在田地一隅慢慢地插秧。我猜想她可能不大情願做這樣的工作，於是開始觀察她，想不到她貌似心情愉快，小小聲唱著田歌歌謠。這俳句便是想到這個情景創作出來的。只希望能透過俳句，略微呈現湧上我心頭那同情插秧女子的心情。這裡使用日文「すさむ（荒む）」並非指她「心情低落」，而是像「草枯駒馬不驚荒」的優遊自得，真是快活！（飯田蛇笏：《俳句文藝の樂園》，東京：交蘭社，一九三五年，頁五五至六五）。

附錄二　俳句作者簡歷（按姓氏筆劃序）

旭　維，本名廖清隆，一九五九年生於台灣台南，一九八〇畢業於台北工專。野薑花詩社成員，這一代的詩歌同仁。自幼聽阿公唸冊歌，感覺音韻柔美，遂對文學心生嚮往。至今無什文章發表，是個為興趣而寫的素人。

江　彧，華文俳句社同仁。作品曾刊登《中華日報・副刊》、《創世紀》、《有荷文學雜誌》、《乾坤詩刊》、《野薑花詩集》、《文創達人誌》、《葡萄園詩刊》、《人間魚詩生活誌》、《從容文學》、《不枯萎的鐘聲：二〇一九臉書截句選》、《二〇二〇全球網路詩選》等。

秀　實，創作以新詩、小說和文學評論為主，也涉及俳句寫作。俳句作品曾見於《創世紀詩雜誌社》、《香港流派詩刊》。文章〈華文俳句在台灣——一種文體的存在觀察〉、〈華文俳句的藝術性——讀《華文俳句選：吟詠當下的美學》〉、〈望穿秋水——讀洪郁芬秋日俳句三首〉等見於《止微室談詩》（台北：釀出版社）中。

雨　靈，本名黃奎熒，一九七六生於台灣台北。一位個頭嬌小，立志終身學習的微塵俳人。閱讀廣泛，浸淫中國文學超過三十年，喜歡把新潮流、新時代的元素運用在俳句創作、文學創作中，樂於多方嘗試，尋找創作的更多可能。希冀自己成為「社會派」的文藝創作家。

胡　同，本名胡俊華，家住彰化縣員林市，五年級生，中央大學化學系畢業，現職中科某外商科技廠。平生無甚長才，只是愛舞弄文字，偶爾寫詩、寫散文和小說自娛娛人，自任「業餘文字愛好者」，承蒙報刊主編與網絡社團錯愛，偶有忝列。

帥　麗，本名簡淑麗，一九六三年生於台灣台北。自幼喜於閱讀課外書籍，並開始投稿《國語日報》。興趣是走路，看不同招牌會心一笑，欣賞每日一物，從而體會詩海中的波瀾。近年開始嘗試寫作各項詩歌及俳句、散文詩。詩作見於網路各詩社及各詩社紙本詩刊。

洪郁芬，日本俳句協會理事，華文俳句社社長，台灣《創世紀詩雜誌》編輯。曾獲WCP第三十九屆世界詩人大會中文詩第二名，日本俳人協會第十四屆九州俳句大會秀逸獎，第六十二屆中國文藝獎章（詩歌類）等。著作有《渺光之律》、《魚腹裡的詩人》。編有《歲時記》、《十圍之樹》等。

夏曼．藍波安，台灣達悟族人。成功大學台灣文學所博士結業。現為專職作家。有《大海之眼：Mata nu Wawa》、《大海浮夢》（日文版，東京草風館出版社）、《安洛米恩之死》等多部作品。曾獲「日本Iron Dog Trophy, Heterotopia Award.異托邦文學獎」（二〇一八）、「第四十屆吳三連獎小說獎」（二〇一七），二〇一八年被《鹽分地帶文學》雜誌評為「台灣十大散文家」。

玉香，本名徐玉香，熱愛文學創作。作品刊登於《創世紀》、《葡萄園》、《華文現代詩》、《詩人俱樂部》、《秋水詩社》、《從容文學》、《人間魚詩社》、《小鹿兒童文學》等。去年獲閩客文學獎客語新詩第三名。

倦梳，本名陳品蓁，一九七五年生於台灣嘉義縣，成長在新北市。從事服裝業多年。二〇一五年移居美國，目前旅居加州。

皐月，台灣台北市出生。華文俳句社版主。文學創作以小品文、散文、抒情詩、俳句為主。俳句刊登於日本《俳句界》、《俳句大學》、《くまがわ春秋》、台灣《創世紀詩刊雜誌》、香港《中國流派》、《圓桌詩刊》。

丁口，本名張瑞欣，台北人，元智大學中文所，現任行政助理，著有《遼闊集》，曾榮獲二〇〇七年教育部學生組新詩優選獎。入選《台灣詩學截句選三〇〇首》、《台客風華》。詩歌作品散見於《創世紀詩雜誌》、《掌門詩學》、《台客詩刊》、《台灣詩學》、《有荷文學雜誌》、《秋水詩刊》。

黃士洲，台灣台中人。作品散見《中華日報・副刊》、《更生日報・副刊》、《歲時記》、《創世紀》、《吹鼓吹詩論壇》、《野薑花》、《笠》、《掌門》、《乾坤》、《有荷》、《葡萄園》、《秋水》、《文創達人誌》、《從容文學》等書報詩刊。

明　月，本名黃淑美，桃園人。曾獲一〇七年台客六行詩獎、二〇一八台客詩畫展、二〇二〇全國高中詩展中橫詩畫展。俳句、詩文散見於日本月刊《俳句界》、《俳句大學》、《くまがわ春秋》。香港《中國流派》。台灣《創世紀詩雜誌》、《台客詩刊》、《掌門詩學刊》、《台文戰線雜誌》、《野薑花詩刊》、《中國時報》、《聯合報》、《青年日報》、《更生日報》。作品合輯《明潭船屋懶散遊》、《歲時記》等。

黃碧清，苗栗客家人。喜歡玩文字遊戲，利用文字的一撇一捺堆疊生活與素描人生。偶爾客串客語教學，以客語書寫為多。出版的客華語對譯詩集及散文集，是為自己的生活故事留下感動。

曾美滿，雲林人。作品散載於《中華日報》、《人間福報》、《台文戰線雜誌》、《台江文學雜誌》、《笠詩刊》、《野薑花詩刊》、《吹鼓吹詩論壇詩刊》、《台客詩刊》等。曾獲：台文戰線文學獎台語詩頭獎，雲林文化藝術獎新詩、小說首獎及報導文學獎，台灣文學獎創作金典獎，台中文學獎台語詩第一名等。

楊貴珠，筆名ylohps，生於台灣台北，台北商專附設空中商專畢。熱愛文學。詩文俳句刊登於《在地的花蕊：淡水社區大學創校十週年紀念文集》（二〇一一）、《歲時記》（台北：釀出版，二〇二〇年）、《華文現代詩》、《創世紀詩雜誌》、《掌門詩學刊》、《中國流派詩刊》、《從容文學》、《金門日報副刊》、日本《俳句界》、《俳句大學》。

慢　鵝，本名林庭安，退休的全天候志工。但年輕的夢反而急迫的炙熱起來，開始學習讀詩、寫詩、寫俳句，讓心扉開了小小的窗口。作品見於《人間魚》、《創世紀》、《葡萄園》、《俳句界》等。

鄭如絜，台北市人，自由業者，專科畢。喜好文字的活躍性，自二〇二〇年開始學習華文俳句，摸索中逐漸領悟俳句意境之美。

劉正偉，文學博士，副教授。《中國微信詩歌年鑑》編委、《二〇二〇全球網路詩人年度詩選》主編。《台客詩刊》發行人兼總編輯、《詩人俱樂部》網站創辦人。曾獲優秀青年詩人獎、夢花文學獎新詩首獎、國史館學術著作優等獎。著有詩集《詩路漫漫》、《貓貓雨：劉正偉詩選》等七部。論著《早期藍星詩史》、《新詩創作與評論》等。

穆仙弦，本名簡柏賢，一九七三年生於台灣。曾獲文建會詩迎千禧年詩獎、第二一屆鹽分地帶詩獎、第一屆野葡萄文學獎、第五屆簡訊文學獎生活筆記組第三名，及第四、五、八屆全球徵聯佳作。詩作收錄於第三〇屆世界詩人大會《二〇一〇世界詩選》。俳句刊登於日本月刊《俳句界》、日本《俳句大學》、台灣《創世紀詩雜誌》、香港《中國流派》、《圓桌》詩刊。

謝美智，筆名美智子、無影。台客詩刊十行詩比賽中有五次得獎紀錄。榮獲第一屆和第二屆幸福尊梨節農業行銷文學獎，入圍人間魚詩刊第一屆十大詩人金像獎詩人。作品刊登《台客詩刊》、《有荷雜誌》、《乾坤詩刊》、《人間魚詩刊》、《創世紀》、《吹鼓吹詩刊》及海內外各大報刊。

簡　玲，台東大學兒童文學研究所碩士。出版詩集《我殺了一隻長頸鹿》。曾獲好詩大家寫、葉紅女性詩獎、林榮三文學獎小品文獎、台灣詩學散文詩獎、台灣詩人流浪計畫獎等。散文詩選入《躍場——台灣當代散文詩詩人選》，兒童文學作品曾輯入年度《台灣兒童文學精華集》。

華文俳句專欄 ⑧

【華文俳句】專欄前言

俳句是一種追求唯美、捕捉瞬間靈思的書寫。俳人和讀者靜觀（contemplate）生活中的萬象，試圖從中看出美好。此即日本美學的「物哀」（もののあはれ）。飛花落葉，松濤麥浪，稍縱即逝的生命中，唯有瞬間的觀照成為存在的證據。以一年為週期的「季語」讓我們感受時間的流動。一個「切」（切れ）使我們稍作停頓，觀察或傾聽景物的脈動。無論是黃靈芝的不定型俳句，或是詹冰一行十字的減字定型俳句，皆體現俳句的重要美學，一個「切」和季語。

《創世紀》首創的華文俳句專欄邀請大家一起捕捉生活中的瞬間之美。

胡同俳句

九降風直吹澎湖灣
寒假

縮水的祖產
茼蒿

讀白樂天謫居一二事
芭蕉滴答聲

禪七齋室一碗茶水
羊羹

梅雨
觀音石壘砌的老駁坎

和搭來福岡的姥姥連上視訊
避寒

淡水河口的積雨雲
老街遊客絡繹

實況轉播登陸月球表面
麻疹

百年沉船的考古發掘
蛙鏡

遛狗搭訕的戀情
新綠

01創世紀華俳專欄
《創世紀詩雜誌》第205期（2020年，頁158）

Facebook
華文俳句社
俳句大学
Haiku University

我們提倡使用「一個切」和「兩項對照組合」的二行俳句書寫

二行書きによる〈切れ〉と〈取合せ〉を取り入れた華文俳句を提案する

永田満徳選評・洪郁芬訳

鄭如絜
●
玻璃窗打零工的徵人海報
暑假
〔永田滿德評論〕
暑假是學生打零工的最好時期，而條件好的零工總是特別難找。於是東瞧西看，不知不覺便停留在一個貼在玻璃窗上的徵人海報。此俳句擷取了學生於暑假期間四處尋找打工機會的一幕。

鄭如絜
●
硝子窓のアルバイトの募集ポスター
夏休み
〔永田満徳評〕
「夏休み」は学生にとって「アルバイト」をする絶好の期間である。条件のいいアルバイトはなかなか見つからない。そこで、探し回っているうちに、店頭の「硝子窓」に張り出されている「募集ポスター」に釘付けになったのである。夏休みを迎え、アルバイト探しに勤しむ学生の一齣をうまく捉えている。

皐月
●
重讀紅樓夢的葬花詞
芒種
〔永田滿德評論〕
葬花詞是紅樓夢中被吟詠的一首詩，出現在最令人印象深刻的「黛玉葬花」。葬花詞起初的用意是為了哀悼花的殞落，卻成了女兒自憐己身的一首漢詩。與穀物和稻子麥子播種時期的季語「芒種」配搭，歌詠萬物萬象的興衰，為此我深深著迷。

皐月
●
紅樓夢の葬花詞を読み返す
芒種
〔永田満徳評〕
「葬花詞」は小説『紅楼夢』の中で詠まれていて、最も強い印象を与える「黛玉葬花」のこと。「葬花詞」は花を悼むつもりが、わが身をいとおしむことになってしまったという漢詩である。穀物の麦や稲などの種を蒔く目安とされる「芒種」との取合せで、生きとし生けるものの命の盛衰を詠んでいて、心惹かれる。

慢鵝
●
抖出一圈水珠的狗兒
驟雨
〔永田滿德評論〕
正在遛狗的時候，忽然撞見驟雨，驚惶中總算跑到能避雨的地方。還不確定能否進去躲雨？　此時愛犬正用力抖動全身。「抖出一圈水珠」的措辭清楚描繪了愛犬奮力將溼透的身體抖動風乾的逗趣情景。

慢鵝
●
一回りの水滴を振り飛ばす犬
驟雨
〔永田満徳評〕
犬の散歩の途中、急にどっと降りだした「驟雨」に逃げ惑いながら、やっと雨宿りできるところに辿り着き、軒に入るや否や、犬がぶるぶると体を震わせているのである。「一回りの水滴」という措辞に、犬が体を勢い良く振り回して、雨の雫を振り払っている愛くるしい様子がよく描かれている。

02日本俳句界

日本《俳句界》No.301（2021年，p.64）

華文俳句叢書5　PG2689

台灣華俳精選

作　　者　洪郁芬
責任編輯　洪聖翔
圖文排版　黃莉珊
封面設計　劉肇昇

出版策劃　釀出版
製作發行　秀威資訊科技股份有限公司
114 台北市內湖區瑞光路76巷65號1樓
電話：+886-2-2796-3638　傳真：+886-2-2796-1377
服務信箱：service@showwe.com.tw
http://www.showwe.com.tw
郵政劃撥　19563868　戶名：秀威資訊科技股份有限公司
展售門市　國家書店【松江門市】
104 台北市中山區松江路209號1樓
電話：+886-2-2518-0207　傳真：+886-2-2518-0778
網路訂購　秀威網路書店：https://store.showwe.tw
國家網路書店：https://www.govbooks.com.tw
法律顧問　毛國樑　律師
總 經 銷　聯合發行股份有限公司
231新北市新店區寶橋路235巷6弄6號4F
電話：+886-2-2917-8022　傳真：+886-2-2915-6275

出版日期　2021年12月　BOD一版
定　　價　220元

讀者回函卡

Printed in Taiwan

國家圖書館出版品預行編目

台灣華俳精選 / 洪郁芬主編. -- 一版. -- 臺北市
: 釀出版, 2021.12
面； 公分. -- (華文俳句叢書 ; 5)
BOD版
ISBN 978-986-445-569-0(平裝)

863.51 110019140